マヤコフスキー

南　京　虫

小笠原豊樹　訳

土 曜 社

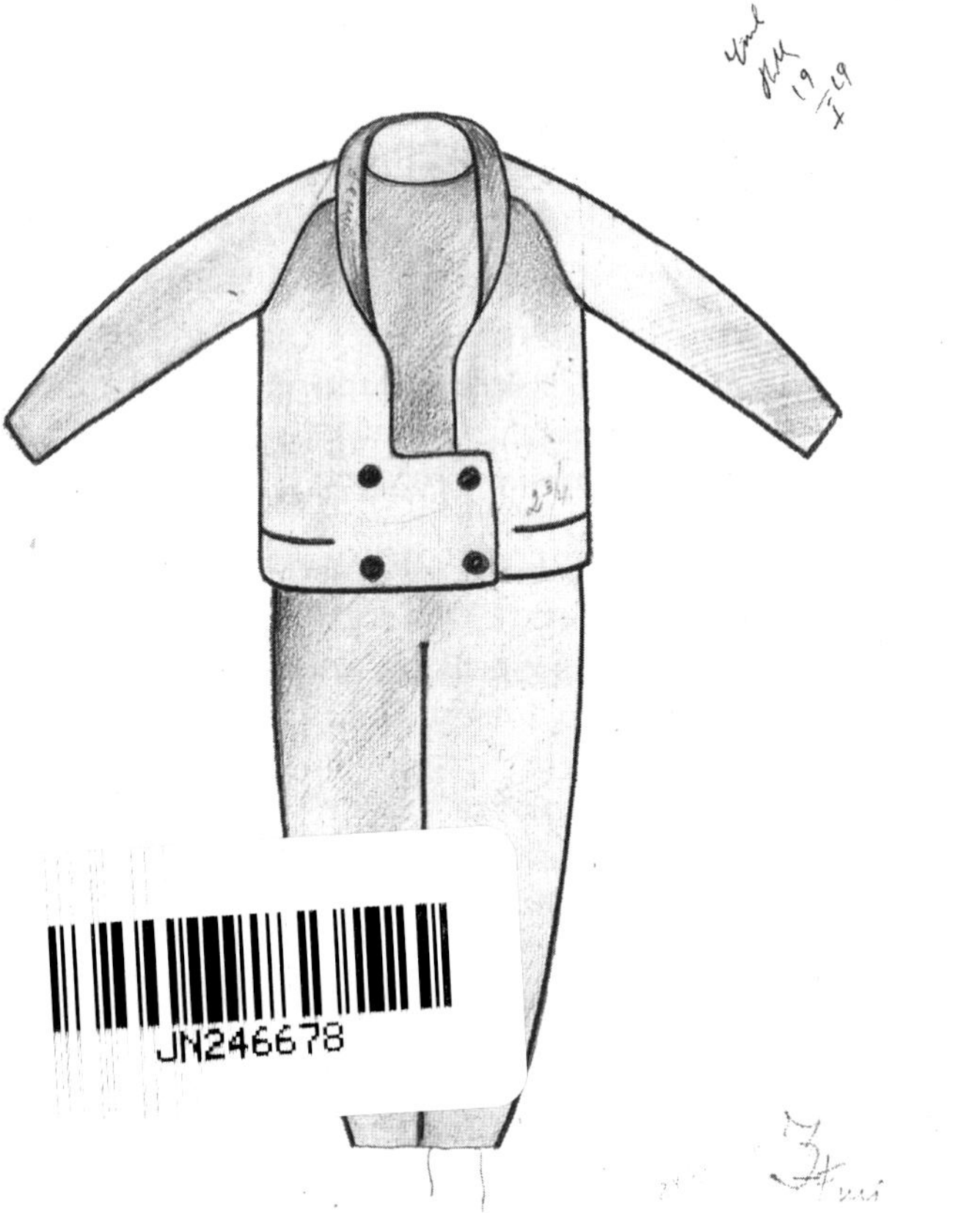

マ ヤ コ フ ス キ ー

小笠原豊樹　訳

南　京　虫

土 曜 社 刊

Владимир Маяковский

Клоп

Published with the support of
the Institute for Literary Translation, Russia

ИНСТИТУТ ПЕРЕВОДА

AD VERBUM

底　本

『筑摩世界文学大系 近代劇集』（筑摩書房，1974年）

南京虫

幻想喜劇九景

登場人物

プリスイプキン（ピエール・スクリプキン）——元労働者、元党員、今は婚約中。
ゾーヤ・ベレースキナ——労働者。
ルネサンス家の人々
　エリゼヴィラ・ダヴィドヴナ——花嫁、マニキュア美容師、床屋の会計係。
　ロザリヤ・パヴロヴナ——母親、理髪師。
　ダヴィド・オシポヴィチ——父親、理髪師。
オレーク・バヤン——独学者、元家主。
民警。
教授。
動物園長。
消防隊長。
消防夫たち。
婚礼の付添人。
新聞記者。
労働者の見物人たち。
市ソビエト議長。
演説する男。
学生たち。
案内人。
市ソビエト幹部会、狩人たち、子供たち、老人たち。

1

中央に百貨店の回転ドア、左右に商品を積み上げたウインドウ。人々が空手で入り、包みを持って出て来る。舞台いっぱいに右往左往する行商人たち。

ボタン売り　たかがボタン一個のことで、嫁を取る、嫁を出すたあ、愚の骨頂だよ！　親指と人差指でちょいと一押し、これこの通り、市民諸君のズボンは絶対ずり落ちない。オランダ製の自動ボタン。六個二十カペイカ……さあ、お買いなさい、ムッシュウ！

人形売り　踊る人形はいかが。バレエの稽古場から出て来たばっかりのお人形はいかが。部屋のなかでよし、戸外《そと》でよし、人民委員の指令どおりに踊りますよ。

りんご売りの女　今どきパイナップルやバナナは無理な話！　アントーノフりんごは四個でたったの十五カペイカだ。奥さん、お一ついかが。

砥石を売る男　ドイツ到来の頑丈な砥石《といし》、選《よ》りどり見どり一個三十カペイカ。押して砥ごうが引いて砥ごうがこの切れ味。剃刀《かみそり》でござれ、ナイフでござれ、討論会の口も八丁！

スタンドの笠を売る男　電気スタンドの笠はいかが、どんな色でもそろっていますよ。家庭用には青のスタンド、色事ならば桃色だ。買ったり買ったり！

風船売り　ソーセージ型の風船、人畜無害のよく飛ぶ風船。この風船がノビレにありゃ、北極探険も楽になったというもんだ。さあ買った買った……

鯡売り　これだ、すばらしい鯡《にしん》、共和国鯡、酒の肴《さかな》にゃ持ってこいだよ！

小間物屋　毛皮張りのブラジャー、毛皮張りのブラジャー！

膠を売る男　わが国でも外国でも、おんなじことが一つある。すなわちこわれた瀬戸物を棄てちまうこと。この有名なエクセルシオール粉末膠《にかわ》を用いれば、ヴィナスの置物でも溲瓶《しびん》でも、ちゃんと元どおりに修繕できる。いかが、奥さん？

香水を売る女　量り売りのコティの香水！量り売りのコティの香水！

本を売る男　ご主人はお出かけになった。奥さんは家庭にあって何をするか。これを読みなさい、元伯爵トルストイ閣下の興味津々の物語が、百と五つも入ってる本。定価は一ルーブリ二十カペイカだが、本日は大まけにまけて十五カペイカ。

小間物屋　毛皮張りのブラジャー、毛皮張りのブラジャー！

（プリスイプキン、ロザリヤ・パヴロヴナ、バヤン登場）

小間物屋　毛皮張りのブラジャー……

プリスイプキン（うっとりして）なんて貴族的なんだろう、このボンネットは！

ロザリヤ・パヴロヴナ　ボンネットですって。これは、あなた……

プリスイプキン　ボンネットですとも、ぼくだって盲じゃありません。ぼくらには双子が生まれるかもしれないじゃないですか。そしたら片方をドロシイに、片方をリリアンにかぶせてやる……名前はもう決めたんです。貴族的で、映画的で、いい名前でしょう……そうして一緒に散歩させる。すてきだな！　実に満ち足りたぼくの家庭。さあ買ってください、ロザリヤ・パヴロヴナ！

バヤン（くすくす笑って）お買いなさい、買ってやんなさい、ロザリヤさん！　まったく突拍子もないことを考えるじゃないか。この人は若いからな、何でも自己流に解釈する連中なのさ。とにもかくにも正真正銘のプロレタリアの出身だ、組合の配給券だってちゃんと持ってる。それなのに、ロザリヤさん、わずかの金を惜しんじゃいけないな！　満ち足りた家庭を作らせることさ。

（ロザリヤは溜め息をついて買う）

バヤン　私が持ってあげよう……軽いからね……心配無用……余分の手数料は請求しません。

人形売り　踊る人形はいかが。バレエの稽古場から出て来たばっかりのお人形はいかが……

プリスイプキン　ぼくの未来の子供たちはすばらしい雰囲気で育てるんだ。すてきだな！　さあ買ってください。ロザリヤ・パヴロヴナ！

ロザリヤ　でも同志プリスイプキン……

プリスイプキン　奥さん、軽々しく同志なんぞと呼ばないでください。あなたはまだプロレタリアと親戚になったわけじゃないんですから。

ロザリヤ　じゃ未来の同志、プリスイプキンさん、これだけのお金をかせぐには、十五人からのお客の顎鬚《あごひげ》をあたらなきゃなりませんわ。口髭や何かはもちろんよ。ですから、結婚披露のビールをもう一ダースもふやしたほうが、いいんじゃないかしら。ね？

プリスイプキン　（きびしい声で）ロザリヤ・パヴロヴナ！　ぼくらの家庭は満ち足りた……

バヤン　満ち足りた家庭を作らせなさい、この人には。踊りもビールも、泉のごとく滾《こん》滾《こん》と、汲めども尽きせぬ、満ち足りた家庭をね。

（ロザリヤは買う）

バヤン　（包みをつかんで）心配無用、持ってあげよう、手数料は据え置きでね。

ボタン売り　たかがボタン一個のことで、嫁を取る、嫁を出すたあ、愚の骨頂だよ！

プリスイプキン　ぼくのうるわしい家庭には、

俗物根性やズボンにまつわるスキャンダルの介入する余地はない。すてきだな！　買ってください。ロザリヤ・パヴロヴナ！

バヤン　組合の配給券がこっちの手に入らないうちは、この人を怒らしちゃ損だよ、ロザリヤさん。この人は勝利をおさめた階級の出身だから、あたかも熔岩のごとくにだね、進むところ敵なしさ。同志スクリプキンに満ち足りたズボンを作らせてやんなさい。

（ロザリヤは溜め息まじりで買う）

バヤン　さあ、手数料はそのままで私が持とう……

鯡売り　すばらしい鯡、共和国鯡！　酒の肴にゃ持ってこい！

ロザリヤ（ほかの人を押しのけて、楽しげな大声で）鯡ですって、これならいいわ！　結婚披露には鯡がなくちゃ。これなら、喜んで買いますわ！　男の方はそっちへいらして。このしこはおいくら。

鯡売り　この鮭《しゃけ》は一キロが二ルーブリ六十カペイカ。

ロザリヤ　こんな老けた鯡が二ルーブリ六十カペイカ？

鯡売り　奥さん、ただの二ルーブリ六十カペイカですぜ、このちょうざめ候補が！

ロザリヤ　こんなコルセットの骨みたようなのが二ルーブリ六十カペイカ？　お聞きになった、同志スクリプキン？　ほんとにいいことをなさったわ、皇帝陛下を殺したり、リャブシンスキーさんを追放したり！　おお、こわい、この人たち！　これならいっそ、国の協同組合に行きますわ、私の権利と私の鮒を探しにね！

バヤン　ちょと待った、同志スクリプキン。あんたはなぜこんなプチブル根性とかかわって、行商人風情から鮒を買うのかね。十五ルーブリにウォッカの一本もつけてくださりゃ、この私が申し分ない披露をさしてあげるのになあ。

プリスイプキン　同志バヤン、ぼくはもちろん、カナリヤとか何とか、ああいう俗物的生活には反対です……ぼくはもっと大きなことに関心がありましてね……たとえば洋服簞笥《だんす》とか……

（ゾーヤ・ベレースキナがあやうく二人にぶつかりそうになり、びっくりして身を引いて、聴き耳を立てる）

バヤン　結婚当日はコルテージュを……

プリスイプキン　なんですって？　誰の亭主ですか？

バヤン　亭主じゃない、コルテージュ。結婚式の行列のことを外国語でこう言うのです。特にあなたのようにはなやかな結婚式の行列をね。

プリスイプキン　ああ！　なるほど、なるほど！

バヤン　そういうわけで、コルテージュが動き始める。私はヒメネの歌を歌ってあげよう。

プリスイプキン　なんですって？　ヒマラヤがどうしたんです。

バヤン　ヒマラヤじゃない、ヒメネという女神の婚礼の歌さ。そういう名前の恋愛の神がギリシャ人にはいたんだな。ギリシャ人と言ったって、ヴェニゼロスみたいな協調主義者じゃないよ。昔のギリシャ人、共和主義者のギリシャ人だ。

プリスイプキン 同志バヤン、これはぼくが金を出す結婚式ですよ。理想的な赤い婚礼でなくちゃいけない、神さまなんてやめてください！　わかりましたか。

バヤン 何を言うのかね、同志スクリプキン、そんなのとは話が違うよ。プレハーノフ言うところの、マルキストにも許された想像力をもってすればだね、あんたの婚礼はあたかもプリズムを通して見るごとく明瞭に見えるんだ。階級的で、高尚で、豪華絢爛たる結婚披露がね！……まず花嫁が馬車からおりる。もちろん赤い花嫁だ……真赤な花嫁だ、つまり汗だくなんだな。その手をひくのが、これまた赤い仮の父親、会計係のエルイカーロフ。あの人は肥って、真赤で、脳溢血ぎみだから、ちょうどいい。次にあんたを導くのは、赤い付添人たち、食卓には赤いハムが山盛り、それに赤葡萄酒がずらりと並び、真赤に塗った着色卵。

プリスイプキン （感激して）すてきだな！すてきだな！

バヤン 赤い客人たちが「苦い、苦い」と大声あげれば、顔を真赤にした花嫁が（いや、もう夫人だな）あんたに赤い赤い唇を近づけて……

ゾーヤ （錯乱したように二人の袖をつかむ。二人はその手を振り払い、ぱちんと埃をはじき落とす）ヴァーニャ！　この人なんのこと言ってるの。なんのうわごと言ってるの、このネクタイ締めた烏賊《いか》みたいな人？　結婚式って何のこと。誰の結婚式なの。

バヤン　赤い労働者の結婚披露ですよ、花嫁はエリゼヴィナ・ダヴィドヴナ・ルネサンス、花婿は……

プリスイプキン

ゾーヤ・ヴァンナよ、わが恋人は
汝《なれ》にあらず。汝よりも
腰はしなやか、胸は豊か、
美しきブラウスの持主。

ゾーヤ　ヴァーニャ！　わたしはどうなるの。わたしは棄てられたってことなの。

プリスイプキン（手を伸ばして押しのけながら）

われら互いを見失いぬ、
海に迷える船のごとく……

ロザリヤ（頭に鯡をのっけて、百貨店から跳び出てくる）鯨《くじら》よ！　海豚《いるか》よ！（鯡売りの行商人に）さあ、お見せなさいな、あんたのかたつむりと比べてご覧なさいな！（比べてみると行商人の鯡のほうが大きい。手を拍って）尻尾だけ大きいわ！　スクリプキンさん、あなた何のために戦ったの。何のために皇帝陛下を殺したり、リャブシンスキーさんを追放したりしたの、え？　あなたのソビエト政府が私をお墓に埋めてしまう……尻尾だけよ、そっくり尻尾だけ大きいのよ！

バヤン　ロザリヤさん、反対側から比べてみなさい、頭の分だけ大きいことになるから。それでいいじゃないかね。頭はどうせ食えないんだ、切り取って棄てちまいなさい。

ロザリヤ　まあ、この人の言うことったら！

切り取って棄てちまえですって。バヤンさん、あなたの頭なら切り取っても損得ないけれど、鯡の頭は一キロ十カペイカですからね。おお、いやだ！　家へ帰りましょう！　組合の配給券がほしいことはほしいけど、ちゃんとした個人企業を営む家庭の娘だって、あなた、組合の配給券に匹敵するわ。

ゾーヤ　いっしょに暮らして、働こうと思ったのに……もうおしまいだわ……

プリスイプキン　きみ！　ぼくらの恋愛は清算ずみだ。自由な市民の感情をかき乱さないでほしいね、さもないと警察を呼ぶよ。

（ゾーヤは泣きながら袖にすがる。プリスイプキンは振り払う。ロザリヤが買物包みを落として、彼とゾーヤのあいだに立ちはだかる）

ロザリヤ　この娘さん何の用なの。あなた、私の娘の婿《むこ》に、なんでうるさくつきまとうの。

ゾーヤ　この人はわたしの恋人よ！

ロザリヤ　へえ！　子供でもいるの？　それなら養育費は払ったげるわ、でもそのかわりにあんたをひっぱたいたげるわ！

民警　みなさん、はしたない！　喧嘩はやめなさい！

2

若い労働者たちの寮。発明家がうんうんうなりながら図面を引いている。青年が寝そべっている。ベッドの端に娘がいる。眼鏡の青年が夢中で本を読んでいる。ドアが開くたびに、ドアのつらなる廊下や電燈が見える。

裸足の青年（どなる）おれの靴はどこへ行った。また靴が盗まれたぞ。こうなったらクルスク駅の一時預けにでも毎晩あずけるか。

掃除夫　プリスイプキンがはいてったんだよ。色女んとこへあいびきにさ。はきながら文句をつけてたぜ。こんな代物をはくのも今日かぎり、今晩帰って来るときは、新しい社会的地位にふさわしいいでたちで現れるとさ。

裸足の青年　いまいましい野郎だ。

若い労働者（片づけながら）ごみまで、あいつのごみはお上品じゃねえか。前だったらよ、ビール瓶だ、鯡の尻尾だ。それが今じゃあ香水とくら、虹色のリボンとくらあ。

娘　やめて、あんたたち。彼はネクタイを買っただけじゃないの。それなのにマクドナルドかなんかみたいに悪口を言ったりして。

青年　マクドナルドだともさ！　問題はネクタイじゃないんだ。あいつがネクタイを結ぶんじゃなくて、ネクタイにあいつが結ばれてる、それが問題なんだ。あいつは頭を働かすのさえおっかないんだ。

掃除夫　しかも割れ鍋に閉じ蓋式でさ。あわてて出かける矢先に、靴下の穴に気がついたら、やっこさん、足に墨を塗ってったもんだ。

青年　あいつの足は塗らなくても黒いじゃないか。

発明家　いや、ちょうどその穴んとこは黒くなかったのかもしれないよ。それよか靴下をはきかえればよかったのになあ。

掃除夫　さすがは発明家、いいとこに気がついたじゃねえか。特許でも出願しな。そのアイデアを盗まれるなよ。（机の上を乱暴に雑巾がけし始める。一つの箱が落ちた拍子に、そのなかから巨大な名刺が散らばる。それを拾い集め明かりにすかして読むほどに、げらげら笑い出し、みんなを手招きする）

一同（読んで、繰り返す）ピエール・スクリプキン。ピエール・スクリプキン！

発明家　こりゃあ、あいつ、自分の名前を発明したんだよ。いやまったく、プリスイプキンなんて何だい。プリスイプキンなんて何の役に立つ。プリスイプキンなんて何になる。プリスイプキンなんて誰が喜ぶ。それに比べて、ピエール・スクリプキン――こりゃ名前どころか、恋の唄みたいに聞こえるよ！

娘（夢見るように）ほんとね、ピエール・スクリプキンて上品だし、すてきだわ。あんたたちがここで騒いでるうちに、彼は一人で文化革命をやってたみたいじゃない。

青年　そういえば面《つら》までプーシキンそっくりになってきたぜ。髭をはやしやがってさ。よっぽど大事だとみえて洗いもしねえ。

娘　ハリー・ピールにも似てるわよ、ほっぺたがすごく文化的。

発明家　つまり髭の部分だけは大先輩とおんなじ発達の仕方なんだね。

青年　しかし、なんであぁよく髭がのびたのかな。おつむは悪いくせに、髭ばかりもじゃもじゃと。やっぱり湿気の関係かな？

本をかかえた青年　馬鹿を言え。彼は作家なんだぞ。何を書いたかは知らんが、有名なことだけは確かだ！　夕刊に三度も出ていたが、彼はつまり、アプーフチンの詩を自分のだと言って売ったんだな、そこでアプーフチンが怒って攻撃の文章を書いた。すると彼も応えて曰《いわ》く、「きみらはみんな馬鹿者だ、あれは実はナドソンの詩を写しただけである」。どっちが正しいかは知らん。とにかく、それ以来彼のものは印刷されなくなったが、有名なことはすごく有名なんだ。現に子供たちを教えている。詩の書き方や、音楽や、ダンスや、それから……金の借り方をな。

箒をもった青年　ちぇ、そんなのは労働者のなすべきことじゃねえや。

（このセリフのあいだに油に汚れた組立工が入って来て、手を洗いながら振り向く）

組立工　奴と労働者とは何の関係もないぞ。今日、奴は結婚するんだ、相手は床屋の娘でな、会計もやる、マニキュアもやる女だ。今後はマドモアゼル・エリゼヴィラ・ルネサンスが奴の爪を磨くのさ。

発明家　エリゼヴィルって、活字の種類にあるよ。

組立工　活字のことは知らないが、からだのことなら、その女すげえ肉体美人さ。奴が会計で写真を見せてたがね。（歌う）これはたまげた驚いた、おっぱいだけで十貫目。

裸足の青年　うまくやりやがったな！

娘　あんた、うらやましいの。

裸足の青年　なあに、おれだって今に技術指導員になったら、ちゃんと毎日、靴をはいてさ、ちっとはましな部屋に住むぜ。

組立工　おい、お前さんに忠告するがね、カーテンを引くこったなあ。街を見るときあカーテンをあけて、賄賂《わいろ》をつかむときあカーテンをしめるがいい。仕事は大勢、ご馳走は一人ってよく言うじゃねえか。そうだろ？　そういう野郎が、おれたちの戦列から逃げ出すんだ。おれたちゃ、そういう野郎どもをひっぱたいてやるんだがね。結構じゃないか。さっさと出世しなよ！

裸足の青年　するともさ、するともさ。なんでえ、おめえは、リープクネヒト気取りでさあ。二階から花かなんかで招かれてみろ、おめえだって、ついふらふらっと……

組立工　行かないね。おれはどこにも逃げ出さないぞ。この汚ねえ住居を、おれが好きだとでも思ってるのかい。とんでもないぜ。いいかい、おれたちゃ大勢なんだ。おれたち全部にゃ、いくら成金の娘がいっぱいいたって、あてがいきれねえだろうが。だからだな、まず家を建てて、いちどきに引っ越すんだ……みんなで、いちどきにな。それを、白旗をあげて、おれたちがこの戦列から逃げ出すなんて、馬鹿も休み休み言え。

裸足の青年　へ、戦列がきいてあきれらあ。今は革命時代じゃないぜ。みんな自分のために生きたいんだ。

組立工　ほんとに戦列なんてないってのか？

裸足の青年　うるさい！

組立工　蚤《のみ》はいくらもいるんだぞ。

裸足の青年　うるさい！

組立工　音は聞こえないが、おれたちは絶えず撃たれてるんだ。
裸足の青年　うるさい！
組立工　プリスイプキンにしたって、みごとに一発やられたようなもんだ。
（プリスイプキン登場。ぴかぴか光る靴をはき、古靴の紐をつまんで裸足の青年に投げて返す。買物の包みを持ったバヤンが、民俗舞踊をおどる組立工と、スクリプキンのあいだに割って入る）
バヤン　同志スクリプキン、こういう野蛮なダンスにかかりあっちゃいけないよ。あんたのせっかくの上品な趣味をこわすだけだからね。
（寮の一同はそっぽを向く）
組立工　挨拶なんてやめときな。頭がくたびれるばっかりだ。
バヤン　あんたの気持もわかるよ、同志スクリプキン。あんたのように優しい心の持主は、こういう野蛮なお仲間のなかじゃ、さぞかし暮らしにくかろう。さて、あと一つだけ教えるから、我慢してほしいね。およそ人生最大の第一歩というものは、すなわち結婚披露における最初のフォクストロットの踊り方だ。生涯印象に残るような踊り方をせにゃいかん。さあ、花嫁さんがいると仮定して、やってみなさい。なぜそんなふうに足踏みするのかね、メーデーの行進みたいに？
プリスイプキン　同志バヤン、ぼくは靴を脱ぎます。第一痛いし、第二に靴がへる。
バヤン　そう、そう！　それでいい、穏やかな足取りでね。メランコリックな月夜にビヤホールから帰るときのようにな。そう、そう！　いや、腰をふっちゃいかん。あんたが引っぱってるのは、リヤカーでなくてお嬢さんなんだからね。そう、そう！　ほら、手は？　もっと手を下げて！

プリスイプキン（空想の相手の肩を抱きながら）宙ぶらりんは疲れますよ。

バヤン　さて、同志プリスイプキン、次にあんたは、軽く探ってみてから、相手の胸元を開いてだね、ふと憩いを求めるように親指で何気なく押すんだ。そうすれば相手も感動するし、あんたもほっとして——反対側の手で同じ動作に取りかかる。なぜ肩をふるわせるのかね。それじゃフォクストロットにならない。ジミイ踊りかなんかやらかすおつもりかな？

プリスイプキン　違います。ぼくはただ……ちょっとかゆくなったんで。

バヤン　いけない、いけない、同志プリスイプキン！　やんごとない踊りの際にそういうケースが生じた場合はだね、あたかも相手の婦人に嫉妬するごとく周囲に目を走らせてだね、スペイン風のステップで壁に近づき、すばやく何かの彫刻品に体をすりつける（そういう美術品や花瓶のたぐいは、あんたがダンスをするような上流社会にはかならずや存在するからね）。からだをすりつけたならば、いちはやく元の場所に戻り、目を輝かせて言うんだ、「ああ、惑わしの人、あなたのお気持はわかりました。あなたは私を玩具にしていらっしゃる……しかし……」てなことを言ってから、また踊り出す、しだいに嫉妬もさめてきたふうにな。

プリスイプキン こんなふうにですか。

バヤン ブラボー！ 結構！ 結構！ 同志プリスイプキン、あんたは才能がある！ ブルジョア諸国に包囲された一国社会主義なんという条件じゃあ、あんたの発展の余地はないな。このスレドニイ・コージイ横町なんて、あんたにふさわしい舞台であるもんかね。あんたに必要なのは世界革命だな。ヨーロッパに進出し、チェンバレン、ポワンカレの輩《やから》を踏みにじり、ムーラン・ルージュやパンテオンをあんたの踊りの美しさで驚かせなさい。そう、そう、そのままの姿勢で！ よくできた！ さあて、私はそろそろ帰るとするか。あの付添人どもは目が放せないんでね。仕事がすめば、たんと飲ませてやるけれども、披露までは一滴だって飲ませるこたあない。じゃ、オオルヴォアール。（出て行きながら、ドアの外から叫ぶ）同時にネクタイを二本締めちゃ駄目だよ、色が違えばなおさらだ。それからよく覚えておくこと、糊のついたシャツをズボンの外に出しちゃいかんよ！

（プリスイプキンは買ってきた品物をまじまじと見つめる）

青年 ヴァニカ、そんなもの、うっちゃっちゃいな。なんでそんな案山子《かかし》みてえな服装をしてるんだい。

プリスイプキン きみの知ったこっちゃないよ、同志！ ぼくが戦ったのは何のためだい。ぼくは立派な生活のために戦ったんだ。

その生活は今や眼前にひらけたんだ。妻も、住宅も、真に人間らしい待遇も。ぼくはだね、必要とあらば、自分の義務はいつでもちゃんと果たすぜ。かつて闘争をやった人間は、静かな小川のほとりで休息する権利があったっていいじゃないか。ね！　もしかしたら、ぼくは自分の幸福な生活でもって、自分の階級全体を高められるかもしれないよ。すてきだな！

組立工　いいぞ、真の闘士！　スヴォーロフ！　その通りだ！

ためつすがめつ社会主義の
橋をかけたが、かけ終えず
橋のほとりに腰をおろした。
橋のほとりに草ぼうぼう。
橋を渡るは羊の群れだ。

ぼくらの望みは、ほんのちょっぴり
小川のほとりで休むこと……
な、これだろう？

プリスイプキン　やめてくれ！　そんな野蛮なアジテーションは聞きたくもない……すてきなのを聞かせようか！（ベッドに腰をおろし、ギターに合わせて歌う）

ああ、ルナチャルスキー通りの、
忘れもしない、古い家、
幅広い、したわしい階段、
みやびやかな窓。

（銃声一発。みんなドアへ駆け出す）

青年（ドアの向こうで）ゾーヤ・ベレースキナが自殺した！

（一同ドアの外へ走っていく）

青年　こりゃあ彼女、細胞で批判されるぞ！

声々　早く……早く……救急車……救急車……

一人の声　救急車を頼みます！　早く！　え？　ピストルで射ったんです！　胸を貫通しています。スレドニイ・コージイ横町の十六番地。

（プリスイプキンは一人で、あわてて買物をまとめ始める）

組立工　やい、髭男、卑怯者、貴様のせいだぞ、あんないい娘が死んじまった！　出て行け！（プリスイプキンの上衣をつかみ、ドアの外へ突き出し、買物の包みを投げつける）

掃除夫（医者といっしょに走って来て、プリスイプキンを受け止め、しゃんと立たせてから、飛んで落ちた帽子を渡してやる）大騒ぎじゃねえか、え、階級から脱落するともなりゃあ！

プリスイプキン（逃げながら叫ぶ）馬車屋さん、ルナチャルスキー街十七番地へ頼みます！　荷物をのっけてください！

3

大きな理髪店の内部。壁一面に鏡。鏡の前に巨大な造花。理髪台の上に酒瓶が置いてある。左手、舞台前面に蓋をあけたグランド・ピアノ、右手には暖炉があり、部屋全体に煙突をくねらせている。部屋の中央に円型の婚礼テーブル。テーブルのまわりに着席しているのは、ピエール・スクリプキン、エリゼヴィラ・ルネサンス、男女の付添人が二人ずつ、ルネサンスの父母。仮の父親——これは会計係——と仮の母親。オレーク・バヤンは観客に背を向け、テーブルの中央で一同に指図している。

エリゼヴィラ　始めましょう、スクリーポチカ。

スクリプキン　ちょっと待って。

（間）

エリゼヴィラ　スクリーポチカ、始めましょうよ。

スクリプキン　ちょっと待って。ぼくはちゃんと組織的に結婚したいのだからね。尊敬すべき客人、特に工場委員会書記のラサリチェンコ同志のご出席を仰がないことには……そら、いらっしゃった！

一人の客（駆けこんできて）尊敬すべき新郎新婦よ、私の遅刻を平にご容赦ください。しかしながら私儀、尊敬すべきわれらが指導者、同志ラサリチェンコに全権を委任されまして、お喜びを申し述べます。同志は、あすならば教会へでもどこへでも行けるが、きょうは都合がつかないと申されました。本日は党会議があるので、好き嫌いは別として細胞へ行かにゃならん、そう申された次第であります。さあ、ご遠慮なく、いわゆる議事をお続けください。

プリスイプキン　結婚披露の開始を宣言します。

ロザリヤ　同志のみなさん、ムッシュウ、さあ召し上がれ。こんな豚肉は当節珍しゅうございましょう？　この豚を買いましたのは今から三年前、ギリシャだかポーランドだかと戦争していたときでしたわ。でも……その後、戦争がないものだから、ハムもそろそろ傷みかけましてよ。さあ召し上がれ、ムッシュウ。

一同（コップやグラスを上げて）苦い！　苦い！　苦い！　苦あああい！

（エリゼヴィラとピエールは接吻する）

（エリゼヴィラはピエールの首っ玉にかじりつく。ピエールはもったいぶって、階級的威厳をこめて接吻する）

仮父親の会計係　ベートーヴェンをやれ！……シェイクスピアをやれ！……余興だ、余興だ。たまの結婚披露じゃねえか！

（ピアノが引きずられてくる）

声々　その蓋をつかめ、蓋を！　すげえ、歯をむきだしたみてえだ！　叩いてみたいな！

プリスイプキン　ぼくのピアノの足を踏んづけないでください。

バヤン（立ち上がり、ふらふらしてグラスの中身をこぼす）私は仕合せです、仕合せです、なんとなれば、この時間の断片において、かくも輝かしき同志スクリプキンの闘争の結末を目撃することができたのである。なるほど同志スクリプキンは、わずか一枚の党員証を失ったかもしらんが、そのかわりに多額の国債を入手したのである。その階級的その他の諸矛盾を、われわれは一致させ、かつ結びつけたのであってだ、そこにおいてマルクス主義に武装された目が明らかに見るものはだ、これすなわち未来の人類の幸福、つまりは俗に言うところの社会主義なんであるのである。

一同　苦い！　苦い！

（エリゼヴィラとスクリプキンは接吻する）

バヤン　いかに大規模なる歩みをもって、われらはわれらの家庭建設の道を歩みつつあるか！　ああ、思い起こせば、かつてわれらがペレコープ大会戦において死に瀕《ひん》し、ある者はその一命を落としたかのときにおいて、はたして想像できたであろうか、この歴史的瞬間にこれらのかぐわしいばらの花が咲き誇るであろうと？　また思え、かつて専制政治の軛《くびき》のもとに呻吟《しんぎん》した当時、われらの偉大なる教師、マルクス、エンゲルスにしてはたして空想的にもせよ仮定できたであろうか、あるいは仮定的にもせよ空想できたであろうか、われらがヒネメ神の絆《きずな》をもって無名かつ偉大な労働を、打倒はされたが魅力的なる資本と結合させようなどと？

一同　苦い！……苦い！……

バヤン　尊敬すべき市民諸君！　美、うつくしさこそは進歩の原動力である！　単なる労働者の資格で私に何ができようか。単なるボーチキン以上のものではないではないか！　単なるボーチキンの資格で私に何ができようか。牛のようにモーと鳴くだけである！　それにすぎないのであるんである！　ただしバヤンの資格においてならば、私にできんことはないのである！　たとえば、

オレーク・バヤンは仕合せです、

バヤンは、ぼやんといたします。

てなわけで私は現在オレーク・バヤンにほかならないのであってです、社会の平等

な一員として文化のあらゆる恩恵に浴しつつ、口に言い表しうる――いや、口に言い表しえぬ、です。かの古代ギリシャ人のごとくにです、「エリゼヴィラ・スクリプキナ、魚の皿を回したまえや」と申さねばならん。さすればです、ソビエト全国は吟遊詩人のごとくに私に向かって、こう答えるでありましょう。

汝が咽喉《のど》を洗わんがため、
エレガントと陶酔のため、
鯡の尻尾とウォッカのグラスを
われらオレークに捧げん。

一同　ブラボー！　ウラア！　苦い！

バヤン　美、うつくしさこそは、たらちねの……

男の付添人（すごい形相で立ち上がって）たらちね！　誰だ「たらちね」と言ったのは。新郎新婦の前でそういう表現はやめろ。

（付添人は引き止められる）

一同　ベートーヴェンをやれ！　カマリンスカヤ踊りをやれ！

（バヤンがピアノの前に坐らされる）

バヤン
市電を買い切り、戸籍係へ駆けつけた、
赤い赤い結婚披露があったとさ……

一同（声を合わせて）
花婿は非のうちどころない作業服、
胸にたかだか配給券！

会計係　読めたぞ！　みんな読めたぞ！　つまりこういうことだろう――
がんばれ、オレーク・バヤン、
パーマネントの巻き毛の仔羊……

理髪師（フォークを握って、仮の母親に）どういたしまして、マダム、ほんとうの巻き毛のまげというものは、革命からこのかたお目にかかったことがありませんや。シニョン・ゴフレというやつのこさえ方はですね……まず鏝《こて》を（フォークを鏝に見立て）とろ火で十分にあたため（フォークを暖炉につっこむ）それから、こう、脳天に髪の毛でスフレ菓子を盛り上げる。

仮の母親　人権侵害だわ、母としての、女性としての私の……放してください……助平！

付添人　誰だ、「助平」と言ったのは！　新郎新婦の前でそういう表現はやめろ！

（会計係が割って入る。レジスターのハンドルを手回しオルガンのように回しながら鼻唄を歌っている）

エリゼヴィラ（バヤンに）ああ！　弾いてくださいな、ああ！「ヴェーラ・ホロードナヤを慕うマカロフのワルツ」を。ああ、あれはとてもシャルマンだわ、ああ、ほんとにプティト・イストワールよ……

付添人（ギターをかまえて）誰だ、「ピソワール」と言ったのは。そりゃ小便壺のことじゃないか。新郎新婦の前でそういう……

（バヤンがそれをとりなして、ピアノを弾き出す）

付添人（それを凝視しながら、こわい顔で）お前、なんだ、黒いとこでだけ弾いてるじゃないか。プロレタリアには半分しか弾かねえのか。ブルジョアには全部弾くのか。

バヤン　何をおっしゃるんだね、市民。白いキーも、これこの通り、特に注意して弾いてますさ。

付添人 なに、白いとこだけ丁寧に弾くってのか。全部で弾け！……

バヤン 全部で弾いてるってのに！

付添人 この野郎、するてえと白の仲間か、協調主義者か。

バヤン 同志……だってこの曲は……ハ長調だからね。

付添人 誰だ、「立往生」と言ったのは。新郎新婦の前だぞ、こいつ！（ギターで首筋を殴りつける）

（理髪師はフォークを仮の母親の髪につっこむ。プリスイプキンは妻と会計係のあいだに立ちふさがる）

プリスイプキン あなたはなぜぼくの妻の胸に鯡を入れるんですか。これは花壇じゃなくて女性の胸ですよ。それは菊の花じゃなくて鯡ですよ！

会計係 きみは鮭をご馳走すると言ったじゃないか。ご馳走したか？ え？ おい、やる気か？ え？

（格闘のうちに花嫁がひっくり返り、その薄絹に暖炉の火が燃え移る。炎、煙）

大勢の叫び声 燃えた!! 誰だ、「燃えた」と言ったのは？……火事だ！……鮭を……市電を買いきり戸籍係へ……

4

真黒な夜のなかで、消防夫のヘルメットが近くの火に照らされてきらりと光る。消防隊長一人。消防夫たちが出入りしては報告する。

消防夫1　駄目です、隊長！　二時間も知らせが遅れました……酔いどれどもです！　まるで火薬倉庫のように燃えています。

（退場）

隊長　燃えるのも当然さ。蜘蛛《くも》の巣とアルコールだらけだからな。

消防夫2　鎮火しました。ホースの水が氷柱《つらら》のかたちに凍りつきます。地下室いっぱいの水もつるつるに凍って、スケート場のようになりました。（退場）

隊長　死体は見つかったか。

消防夫3　一人だけ積みこみましたが、頭蓋骨がめちゃめちゃに砕けています。梁《はり》でやられたもののようです。まっすぐ死体置場行きです。（退場）

消防夫4　トラックに死体の積みこみ終わりました……一人は性別不明、頭にフォークを突き刺しています。

消防夫1　暖炉のなかから、女の死体らしきものを発見しました。頸の骨に花環の鉄の針金をからませています。

消防夫3　氏名不詳の死体を発見しました。体格は戦前の標準。レジスターを手に握っています。生前は相当の悪党だったらしいです。

消防夫2　生存者は皆無です……死体の数が一つ足りません。いくら探しても見つからないので、骨まで燃えてしまったものと思われます。

消防夫1　やれやれ、すごいイルミネーションさ！　まるで芝居だ。ただ役者がみんな焼けちまったがな。

消防夫3　結婚披露の帰りは車、
車のしるしは赤十字。

（ラッパ手が消防夫たちを集める。整列する。大声で叫びながら観客席のあいだを行進する）

消防夫たち　市民のみなさん、ウォッカは毒だ。
共和国を火事にするのは酔っぱらい！
ストーブや石油コンロの不始末で
家が焼ければ、自分も焼ける！
変な夢こそ火事の原因、だから
寝る前に
読むのはやめにしましょう、
ナドソンやジャーロフを！

5

円型劇場の形をした巨大な会議室。人間のかわりにたくさんの拡声器があり、自動車の方向指示器に似た金属の腕がついている。一つ一つの拡声器の上には、さまざまな色の電燈がある。天井の近くにスクリーン。中央に演壇とマイクロフォン。演壇の両側に、声や光の調整室がある。二人の技術者（老人と青年）が、薄暗い座席で仕事している。

老人（羽毛のブラシで拡声器の埃を払いながら）きょうは大事な投票がある。農業地区の投票器械によく油を塗って、点検しておいてくれ。先だって故障したからな。投票のときぎいぎいいってた。

青年　農業地区だね？　承知した！　中央地区のにも油を塗っとこう。スモレンスク地区の器械の咽喉《のど》も、羚羊《かもしか》の皮でよくこすっとくよ。先週またしゃがれ声を出したんだ。モスクワ事務員連合の腕のねじをよく締めとかなきゃ。どうもずれるんだ。右腕が左腕にからまってね。

老人　ウラルの工場の準備はできた。クルスクの冶金工場を連結してやろう。ドニエプル発電所第二グループの六万二千票を入れる装置ができたからな。これは一人でやれる。簡単な仕事だ。

青年　じいさん昔のこと覚えてるかい。さぞかし滑稽《こっけい》だったんだろうな。

老人　一度おふくろに抱かれて会議に行ったことがある。わずかな人間が――千人もいたかな、集まって、なんにもせずに、話を聴いてるのさ。重大問題だったとみえて、満場一致で通ったよ。おふくろは反対だったが、投票できなかった。わしを抱いてたからな。

青年　へえ、あきれたな！　なんて幼稚だったんだろう！

老人　昔は、こういう器械があっても役に立たなかったろうよ。早く手を挙げた奴の勝ちなんだからな。早く自分を認めさせようとして、議長の鼻っ先でその手を振り回すんだ。イシスとかいう昔の神みたいに手が十二本ないのが惜しいってとこさ。しかもたいていの奴は会議を逃げたもんだ。こんな男の話がある。そいつは大事な討論のあいだ便所に入ってた——投票がこわくてさ。便所に入ったきりで、これで体面は保てると思ってたんだ。

青年　体面を保てたのかい。

老人　保てたとも！……ただ、ほかの仕事に回された。便所が好きだからというんで、シャボンと手拭いを作る仕事にさ。準備はできたか！

青年　できたぞ！

（走って調整室におりて行く。顎髭をはやし眼鏡をかけた男が、さっとドアをあけ、きびきびした足取りで、議席に背中をむけて演壇に登り、両手を上げる）

演説する男　共和国同盟の全地区を同時に入れてください！

老人と青年　了解！

（議席の赤や緑や青の電燈がいっせいにつく）

演説する男　もしもし！　もしもし！　こちらは人間復活研究所議長。本日の議題は簡単明瞭ですから、電報で配付し、討論をすませました。すなわち、かつてタンボフと呼ばれた町の、六十二番街と十七番通りの交叉点で、基礎工事作業中の一隊が、地下七メートルの個所に、氷づけになった地下室を発見しました。その氷を通して、内部に人間の形が見えています。五十年前に凍りついた人間の復活については、本研究所はそれが可能であると考えます。

意見の相違を調整しましょう。

本研究所の意見では、すべて働く人は生命を最期の瞬間まで活用せねばなりません。氷を通しての観察によれば、この人間の手にはまめがあります。これは半世紀前には働く人の特徴とされておりました。ここで思い出すべきことは、かの地球の内戦後、地球共和国同盟が作られた際、すなわち一九六五年十一月七日の法令によって、人間の生命は絶対不可侵のものとされている事実であります。そしてまたかつてのロシア国に蔓延していた細菌の繁殖を恐れる疫病ステーションが、この復活に反対していることもお知らせします。十分の責任をもって決定していただきたい。みなさん、繰り返して申します。われわれの投票に一人の人間の生命がかかっているのです！

（電燈がいっせいに消え、鋭いベルの音が聞こえ、スクリーンに決議の文字が表れる。それを、演説する男が声に出して繰り返す）

「働く人々の労働慣習研究の名において、世相の比較・実地研究の名において、復活を要求する」

（半数の拡声器から「その通りだ、採択しろ！」という声が聞こえ、一部の声が「反対だ！」と叫ぶ。声々はすぐ静かになる。スクリーンの文字が消える。第二のベル）

演説する男が繰り返す）

「ドンバス冶金化学工業衛生管理局の決議。一九二九年当時の特徴たるごますりと傲慢のバクテリアが蔓延する危険を避けるため、われわれはその陳列品を氷づけのまま放置することを要求する」

（拡声器の声々、「反対だ！」まばらな叫び声、「その通り！」）

ほかの決議あるいは補足がありますか。

（第三のスクリーンに文字が表れ、演説する男が繰り返す）

「シベリア農業地区の希望は、この復活を秋、すなわち農作業が終了し、なるべく多数の希望者が参観できる時期に行うことである」

（圧倒的多数の拡声器の声々、「反対だ！」「否決だ！」電燈がいっせいにつく）

投票に移ります。第一の決議案に賛成のかたは手を挙げてください！

（大多数の鉄の腕が上がる）

わかりました！　シベリアの修正案に賛成のかたは？

（わずかに二本の手が上がる）

共和国同盟会議は決定いたしました、「復活！」

（拡声器の叫び、「ウラア！」声々が消える）

本日の会議は終了しました！

（二つのドアから新聞記者たちが駆けこんでくる。演説する男はそのなかを通り抜けながら、嬉しそうに叫ぶ）

復活です！　復活です！　復活です！

（新聞記者たちはポケットからマイクロフォンを取り出し、歩きながら叫ぶ）

新聞記者1　もしもし！　波長四七二・五メートル……「チュコート・イズヴェスチヤ」紙……復活です！

新聞記者2　もしもし！　もしもし！　波長三七六メートル……「ヴィテブスク夕刊プラウダ」紙……復活です。

新聞記者3　もしもし！　もしもし！　もしもし！　波長二一一メートル……「ワルシ

ャワ・コムソモール・プラウダ」紙……復活です！
新聞記者4　週刊「アルマヴィル」紙。もしもし！　もしもし！
新聞記者5　もしもし！　もしもし！　もしもし！　波長四四メートル。「シカゴ・イズヴェスチヤ」紙……復活です！
新聞記者6　もしもし！　もしもし！　もしもし！　波長一一五メートル……「赤いローマ」紙……復活です！
新聞記者7　もしもし！　もしもし！　もしもし！　波長七八メートル……「上海労働者」紙……復活です！
新聞記者8　もしもし！　もしもし！　もしもし！　波長二二〇メートル「マドリッド小作人」紙……復活です！
新聞記者9　もしもし！　もしもし！　もしもし！　波長一一メートル……「カプール・ピオネール」紙……復活です！
（刷り上がったばかりの新聞の束をかかえて新聞売子たちが駆けこんでくる）
新聞売子1　溶かすか溶かさぬか、それが問題。詩と散文で書いた社説。
新聞売子2　重要問題について全世界のアンケート。ごますりとよばれる疫病は伝染するか否か！
新聞売子3　昔のギターや恋の唄、その他大衆白痴化の道具について記事満載！
新聞売子4　最新のニュース！　インタヴュー！　インタヴュー！
新聞売子5　学会ニュースも顔負けだよ！　いわゆる罵倒の言葉の一覧表！

新聞売子6　特種ラジオ・ニュース！

新聞売子7　歴史的大問題を科学の見地から解説。煙草が象を殺せるか！

新聞売子8　涙が出るほど悲しい、腹がよじれるほどおもしろい記事。「アル中」とは何か！

6

曇りガラスの両開きのドア。壁のむこうに医療器具の金属の部分が光って見える。壁の前に年老いた教授と、ゾーヤ・ベレースキナにそっくりの、中年の女の助手。二人とも白衣を着ている。

ゾーヤ　先生！　お願いですから、その実験をなさらないでください。きっと、また紛糾が起こります……

教授　同志ベレースキナ、また思い出におぼれましたな、わけのわからない言葉でしゃべり出した。死語の字引が必要だ。「紛糾」とは何だろう。（辞書を引く）紛糾……紛糾……官僚主義、新興宗教、コッペパン、ボヘミアン、ブルガーコフ……紛糾、とはあらゆる種類の活動を妨げる人間たちの活動の一種である、か……

ゾーヤ　その「活動」のおかげで、五十年前、わたしは思いあまって……自殺したのです。

教授　自殺？　自殺とは何のことかな。（辞書を引く）時差、司祭、資材、試作、地酒……あった、あった、「自殺」とね、（びっくりして）あなたは自分をピストルで撃ったのかね？　そういう判決だったの？　裁判で？　革命裁判所で？

ゾーヤ　いいえ……わたし一人で決心しました。

教授　一人で？　不注意の暴発か？

ゾーヤ　いいえ……恋愛のためです。

教授　馬鹿な……ひとは恋愛をしたら、橋を架けたり、子供を産んだりしなきゃならんのに……あなたというひとは……そうだ！そうだ！　これは都合がいい！

ゾーヤ　帰らせてください、わたし、ほんとにこんなお仕事できません。

教授　これは都合がいい……なんと言った……その「紛糾」だ！　そう！　そうだ！その紛糾だ！　この問題の氷づけになった人物が、五十年というギャップに驚いて、ここで何らかの紛糾が生じる場合のために、ぜひあなたの感情を最高度に発揮していただきたい。そう！　そうだ！　こりゃうまい！　あなたに立ち会っていただくことは、非常に、非常に重要なのです。あなたという人物が探し出されたことはまことに喜ばしい。件《くだん》の人物は「彼」であり、あなたは「彼女」である！　教えてください。彼のまつげはやわらかかったですか。氷を急速に溶解させる場合、損傷を受けるかもしれないので、あらかじめお訊きするのだが。

ゾーヤ　とても思い出せませんわ、先生、五十年前のまつげなんか……

教授　何と言われる！　五十年前のことが？きのうも同然じゃないかね！……私は五十万年前のマンモスの尻尾の毛の色まで、ちゃんと記憶している。そう！　そうですよ！　ところで、覚えておられないかな、彼が怒ったときに鼻の穴をぴくぴくふるわせなかったかどうかを？

ゾーヤ　先生、そんなこと、とても覚えていませんわ！　人が怒ったとき鼻の穴をぴくぴくふるわせなくなってから、もう三十年も経ちましたから。

教授　なるほど、なるほど、なるほど！　ところで彼の胃と肝臓の容積をご存じないかな。氷解の際に高い電圧をかける関係上、そのなかのアルコール分は引火してしまうかもしれないので、あらかじめお訊きするのだが。

ゾーヤ　そんなこと知りませんわ、先生！　記憶しているかぎりでは、おなかの出っぱった人でしたけれど……

教授　ああ、あなたは何も覚えておられないのだな、同志ベレースキナ！　では、怒りっぽい人間だったかどうかぐらいは、覚えておられるだろう？

ゾーヤ　さあ……かもしれませんけど、わたしといっしょのときは、違いました。

教授　なるほど、なるほど、なるほど！　それでよろしい！　私たちはこれから彼の氷を溶かすというのに、あなたは逆に凍りついてしまったのかと思いましたよ。そう！　そう！　それでよろしい！……ところで、始めましょう。

（教授がボタンを押すと、ガラスの壁が音もなく左右に開く。中央の手術台に、人間の大きさの鉛の箱がぴかぴか光っている。箱には活栓がついていて、一つ一つの活栓の下にバケツが置いてある。

箱には電線がつながれている。酸素ボンベが数本。箱のまわりに六人の医者が、白衣を着て静かに立っている。箱の前に六個の手洗い器。その上の見えない針金に六本のタオルがつるされている）

教授　（順番に医者から医者へ歩きながら、指示を与える。医者1に）私の合図で電流を通してください。（医者2に）温度を三十六度四分まで上げてください――十五秒ごとに十度ずつ。（医者3に）酸素枕の用意を。（医者4に）水は徐々に出してください、氷の圧力が気圧とうまく入れかわるようにね。（医者5に）蓋は一気にあけてください。（医者6に）復活の過程を鏡で観察してください。

（医者たちはわかったというしるしにうなずき、それぞれの配置につく）

教授　作業開始。

（電流が入る。一同は温度計を見守る。水がしたたる。一人の医者が右手にある鏡つきの小さな壁を見守っている）

医者6　健康体の顔色になりました！（間）水から離れました！（間）胸部の上下動が始まりました！（間）先生、ご覧になってください、不自然な痙攣《けいれん》です……

教授　（鏡に近づき、じっと観察してから、安心したように）ノーマルな動作です、ぼりぼり掻いておる。きっと、こういう人間につきものの寄生虫が生き返ったのだね。

医者6　先生、不思議な現象です。左腕が胴から離れていきます……

教授　（鏡をのぞいて）この人間は音楽が好きなのだ、「センスがある」と言われたものだな。昔ストラディヴァリウスとウートキンという人間がいた。ストラディヴァリウスはヴァイオリンを作ったし、ウートキンはあれを作ったのさ。ギターと呼ばれた楽器を。

（教授は温度計と血圧測定器をのぞく）

医者1　三十六度一分。

医者2　プルス六十八。

医者6　呼吸は正常。

教授　配置について！

（医者たちは箱から離れる。箱の蓋がぱっと開き、髪を振り乱した寝ぼけまなこのプリスイプキンが立ち上がって、あたりを見回す。ギターをかかえている）

プリスイプキン　ああ、よく寝た！　ごめんなさい、同志諸君、ちょっと飲みすぎてね！　ここはどこの警察署ですか。

教授　いや、そんな場所ではない！　あなたの皮膚に凍りついていた氷の被覆を、たった今、溶解したのです。

プリスイプキン　何を溶解したって？　何か凍りついてたって？　あんたがたのほうが酔っぱらってるんじゃないのか。あんたがた医者はアルコールを自由に使えるからな。うまいことやったんでしょう。ぼくの身元はいつでも証明できますよ。身分証明書がある。（ポケットをさぐる）有り金十七ルーブリ六十カペイカ。国際革命援助会に？　払いましたよ。国防飛行化学建設協会に？　払いましたよ。「文盲清掃委員会」に？　もちろん。おや、これは何だろ。市役所から取って来た戸籍抄本だ！（口笛をぴゅうと吹く）そうだ、きのう結婚したんだった！　ああ、嫁さん今ごろ何してるだろう。帰ったらこっぴどくやっつけられるぞ！　付添人の受け取りもある。組合の配給券もある。（視線がカレンダーに落ちる。目をこすって、ぞっとしたように周囲を見回す）一九七九年五月十二日！　ずいぶん永いこと組合費を払わなかった！　五十年も！　批判される、批判されるぞ！　県委員会！　中央委員会！　ああどうしよう！　ぼくの嫁さん!!　行かせてください！（周囲の人たちにいちいち握手してから、ドアのほうへ歩き出す）

（ゾーヤが心配そうについて行く。医者たちが教授のまわりに集まる）

医者たち（声をそろえて）今のは何です、彼が手でやったのは？　握ったり振ったりしたのは……

教授　昔はああいう非衛生的な習慣がありました。

（六人の医者と教授は丹念に手を洗う）

プリスイプキン（ゾーヤにぶつかって）あなたはどなたです。ぼくは誰です。ここはどこですか。あなたはゾーヤ・ベレースキナのお母さんじゃありませんか。

（サイレンの音が聞こえ、プリスイプキンはぎょっとして振り返る）

ぼくはどこに来たんだ。どこに連れられて来たんだ。これはどうしたことです？……ここはモスクワ？　パリ？　ニューヨーク？……馬車屋さん！

（自動車の警笛）

誰もいない、馬もいない！　おおい、交

通公社、交通公社！（ドアにしがみつき背中を掻く。ふりむくと白い壁に南京虫が這っている）

南京虫、おい、でっかい南京虫！（ギターの調子を合わせ、歌う）ああ行かないで、私を棄てて……（南京虫を手のひらで押えようとするが、南京虫は這って逃げる）われら互いを見失いぬ、海に迷える船のごとく……逃げやがった！……誰もいない！　誰も返事をしてくれない。ぼくは一人……一人ぼっちだ！　馬車屋さん、交通公社……ルナチャルスキー街十七番地！　荷物はないよ！

（頭をかかえて昏倒する。駆け寄ったベレースキナが抱き止める）

7

舞台中央に三角形の広場。広場に三本の人造樹木。第一の樹木の葉は大きな四角形で、その上にみかんを載せた皿。第二の樹木は、紙の皿の上にりんごをのせてある。第三の木には、緑色の松ぼっくり——これはあけ放しの香水の瓶である。両側には美しい色彩のガラスの家々。広場のまわりには長いベンチ。一人の新聞記者が登場。四人の男女がついてくる。

新聞記者　さあ、ここだ、ここだ！　日陰で休もう！　この驚くべき陰惨な事件の全貌を、筋道を立てて話してあげよう。まず第一に……みかんを取ってくれませんか。市の自治体の措置は正しいな。きょうはみかんがなっている。きのうは梨ばっかりで、あれは汁気もすくないし、うまくないし、栄養もないし……

（一人の娘が樹木からみかんの皿をおろし、一同はその皮をむいて、食べながら、新聞記者のまわりに好奇心たっぷりに集まる）

男1　さあ早く話してくれよ、筋道を立てて詳しくね。

新聞記者　要するにだね……なんて汁気の多いみかんだろ！　一つどうです……いや、わかった、わかった、話します。きみらはずいぶんせっかちだな！　むろんぼくは報道の大統領だから、知らないことは一つもない……というわけで、あれを見なさい……

（医療鞄と体温計をもった男が足早に通りすぎる）

あれは獣医だ。疫病が蔓延している。例の復活した哺乳動物が、その後放置されたのをいいことに、摩天楼のあらゆる家畜とつき合ったので、犬どもはみな狂犬になってしまった。つまり、その哺乳動物にちんちんすることを教えられた。だから犬たちは吠えもしなければ、じゃれもしない、ただ人間に仕えるだけなんだ。動物たちは餌をくれる人にになら誰にでも甘えたり、その手をなめたりしている。医者の話だと、そういう動物に噛まれた人間は、たちまちごますりという疫病の初期症状を示すそうだ。

聴く人たち　おお、おお、おお！

新聞記者　ほら、あれを見なさい！

（ビール瓶をつめこんだバスケットを持って、一人の男がふらつきながら通る）

通りすぎる男（歌う）

昔なつかし十九世紀、

そりゃあすてきな暮らしだった。
ウォッカ飲んだりビール飲んだり、
鼻は酒焼け、あんずの実。

新聞記者　見なさい、あれは病人、もうおしまいの男！　あれは第二医学実験室の百七十五人の労働者のなかの一人だ。例の復活した哺乳動物がスムースに現在の生存へ移行できるように、医者たちが一種の混合飲料、多量に飲めば命にかかわり、少量飲めば猥褻《わいせつ》になる飲料、つまりビールというものを特に許可したんだ。その有毒蒸気のために、実験室の労働者たちは頭がふらふらになり、誤ってこの清涼飲料を飲んでしまった。それ以来、労働者はもう三度も更迭させられている。入院中の者五百二十人、しかも疫病は日増しにひろがり、大勢の足をふらつかせる。

聴く人たち　ああ、ああ、ああ！

一人の男（悩ましげに）おれは科学の犠牲になってもかまわないんだがな。その不思議な病気にとっつかれてみたいな！

新聞記者　ほら、これだ！　この人もやられた！　いや、お静かに……この精神病者をおどかしてはいけない……

（一人の娘がフォクストロットとチャールストンのステップで通りすぎる。片手の二本の指につまんだ詩集の詩を口ずさみ、もう一方の二本の指ではばらをつまんでいるつもり。その匂いを吸いこむ仕ぐさ）

あの娘は、かわいそうに、狂った哺乳動物の隣りに住んでいたので、夜な夜な、町が寝静まったころ、壁ごしにギターの音を聞いてしまった。ギターのみか、気もそぞろな長い溜め息、それから音楽ふうの泣きじゃくり、これは何といったか、確か「恋唄《ロマンス》」と呼ばれていた。というわけで、娘は発狂したんだ。悲しみに打ちひしがれた両親は娘を医者にみせた。医者によれば、これは急性の「恋のやまい」の発作だと言う。つまり昔よくあった病気で、人間の全生涯にまんべんなく与えられている性《セックス》のエネルギイが、まるで火が燃え上がるときのように出し抜けに一週間かそこいらに集中すると、こういうことになる。その結果は、思いもかけない不合理な行為となって現れるんだ。

若い娘（手で顔を覆って）わたし見ないほうがいいわ。なんだか、その恋の黴菌《ばいきん》が空気を伝って来るみたい。

新聞記者　やられた、この人もやられた……疫病の海だ。

（三十人のショウ・ガールたちが踊りながら通りすぎる）

見なさい、あの三十の頭と、六十本の足を！　こんなものをかつてはぬけぬけと（劇場の観客に）芸術なんぞと呼んでいたのですからね！

（フォクストロットを踊る二人）

疫病は今やついに……ついに（辞書を引く）そのクライマックス、そうこれだ、クライマックスに達した……こいつはもう四本足の男女《ふたなり》だ！

（動物園長が駆けこんで来る。あまり大きくないガラスの箱を持っている。園長のうしろには、望

遠鏡や写真機や消防梯子をたずさえた群衆）

動物園長（一同に）見つけましたか？ 見つけましたか？ どこにいます？ ああ、何も見なかったんですね！ 狩人の一隊の報告によると、十五分前にここで確かに見かけたというんです。四階へよじのぼっていったそうです。一時間に一メートル半というスピードだから、まだそんなに遠くへ行ったはずはない。みなさん、すぐに塀を調べてください！

（狩人たちは望遠鏡を調節し、ベンチにいた人たちは驚いて立ち上がり、それを眺める。動物園長は一同に指図し、捜索を指導する）

声々 見つかるかな……みんなに裸になって窓に出てもらうといい、人間にたかるんだから……

大きな声を出すな、逃げるぞ！ 見つけたら、誰にも渡しゃしないから……

バカを言え、みんなの財産じゃないか……

嬉しそうな声 見つけたぞ！ いたぞ！ 這ってる！……

（双眼鏡と望遠鏡が一点に向けられる。沈黙。写真班や映画カメラマンがシャッターを切る音のみ）

教授（息を殺した声で）そう……確かにこれです！ 包囲の準備を願います。消防夫さん、こっちへ来てください！

（網を持った人たちがその場所を取り囲む。消防夫たちが梯子をのばし、一列になって登り始める）

動物園長（望遠鏡をのぞきながら、泣き声で）逃げた……隣りの塀に移った……SOS！落ちたら死んでしまう！　みんな、しっかり頼みます！　ほれ、そこだ!!

（隣りの塀に梯子がかけられ、人々が登る。見物人たちは固唾をのんでいる）

上からの大声　つかまえたぞ！　万歳！

動物園長　早く早く！　気をつけて！　落とさないように、動物の足を折らないように……

（梯子に登った人々の手から手へ動物が渡され、最後に動物園長の手に渡る。園長はそれをガラスの箱に入れ、頭上に差上げる）

ありがとうございました、無名の科学者のみなさん！　われわれの動物園はおかげさまですばらしい動物園になりました……われわれは、この世紀の初めにすでに絶滅したかの有名なる昆虫を、ここで珍しくも捕獲したのであります。われわれの町はそれを誇りとするでありましょう。学者や観光客はわれわれの町に集まるでしょう。私のこの手のなかにあるものは、ただ一匹だけ残った、生きた「クロープス・ノルマリス」、すなわち南京虫であります。お引き取りください、市民のみなさん、昆虫は足を組んで寝こみました、昆虫は休息したがっております！　動物園の招待日には、きっとみなさん全部をご招待しましょう。もっとも重要な、もっとも困難な捕獲作業は終了いたしました！

8

なめらかな、オパール色の、半透明な部屋の壁。天井から青みがかった光の間接照明。左手に大きな窓。窓の前に仕事机。ラジオ。スクリーン。三、四冊の本。右手に、壁に作りつけのベッド。清潔な毛布にくるまって、不潔なプリスイプキン。扇風機がいくつか。プリスイプキンの周囲だけが散らかっている。テーブルの上には煙草の吸い殻。ひっくりかえった酒瓶。電気スタンドのばら色の笠はちぎれている。プリスイプキンがうめく。医者が神経質そうに部屋を歩き回る。

教授 （入って来る）どうかね、病人の容態は。

医者 病人はともかく、私のほうがひどい状態です！　三十分置きにでも交代させてもらわないと、病気がみんなに移りますな。こいつが息をするたびに、足ががくがくする！　扇風機を七台も置きましたよ、こいつの息を散らそうと思って。

プリスイプキン （教授がプリスイプキンに駆け寄る）お、お、お！

プリスイプキン 先生、ねえ、先生！

（教授は匂いをかぐなり、目まいがしたようによろめき、手を空中に泳がせる）

プリスイプキン 迎え酒を……

（教授はコップの底にちょっぴりビールを注ぎ、渡してやる）

プリスイプキン （肘をついて身を起こす。うらめしそうに）復活しておいて……いじめるんですね！　こんなもの、象にサイダーだ！

教授　学会はきみを人間の段階にまで発達させようと念じています。

プリスイプキン　くそくらえ、あんたも、あんたの学会も！　ぼくは復活してくれなんて頼みやしなかったんだ。また氷づけにしてくれませんか！　そしたら、すてきだな！

教授　きみの言うことはさっぱりわからない！　私たちの生活は集団全体のものだから、私にしろ、ほかの誰にしろ、この生活を……

プリスイプキン　生活？　これが生活かね、好きな女の子の写真を壁に貼れないなんて。鋲《びょう》があのガラスの畜生にささらないんだ……先生、ねえ、迎え酒をくださいよ。

教授　（コップにビールを注いで）こっちに向かって息をしないでください。

（ゾーヤ・ベレースキナが二つの本の包みをかかえて登場。医者と教授はゾーヤと何か低い声で話し合い、退場）

ゾーヤ　（プリスイプキンのそばに腰をおろし、本の包みを開く）これがお気に召すかしら、わからないわ。あなたがおっしゃったものは、どこを探してもないし、誰も知らないの。ばらのことは園芸の教科書に出ているだけ。夢のことは医学の本の夢のところにしかなかったわ。でも、ほら、この二冊、大体あのころのおもしろい本よ。英語からの翻訳で、フーヴァの『私はいかにして大統領になったか』。

プリスイプキン　（本を手に取ってから、投げ出す）いらない、こんなものは精神的な本じゃない。何かこう胸が締めつけられるようなやつがないかな……

ゾーヤ　それじゃ、これは。ムッソリーニとかいう人の『政治犯の手紙』。

プリスイプキン（本を投げ出し）違う、これも精神的な本じゃない。そんな野蛮なアジプロ文学なんていらないよ。何かこうぐっと胸にこたえる……

ゾーヤ　それ何のことだかわからないわ。胸が締めつけられるとか……胸にこたえるとか……

プリスイプキン　なんてことだろう！　ぼくらは自分の血を流して戦ったのに、今となって新しいダンスを心ゆくまで踊ることもできないのかい。

ゾーヤ　あなたのからだの動かし方は、中央運動学院の校長先生にまで見せたのよ。そしたら、こういうのは昔のパリの絵葉書で見たことがあるが、今はもう誰も知らないんですって。おばあさんが二人ばかり、その踊りを覚えていたけど、連れてこられなかったわ、リュウマチのせいで。

プリスイプキン　ああ、すばらしい教養を身につけたのも、なんにもならない。働くことなら革命前だってできたんだからな。

ゾーヤ　あした一万人の男女労働者の踊りに連れていってあげるわ。広場でやるのよ。新しい農業労働システムの気楽な予行演習なの。

プリスイプキン　ぼくは抗議する、抗議する！　ぼくは今ごろ溶かしてもらうために氷づけになったんじゃないんだ。（毛布をはねのけ、立ち上がった拍子に、本の包み紙に手が触れ、それを破こうとする。落ちた本からぱらぱらと出て来た紙片にふと目をとめ、明かりにかざしてその文字を凝視する）どこで？　どこでこれを手に入れた？……

ゾーヤ　街でみんなにくばっていたわ……きっと図書館で誰かが本のあいだに挟んだのね。

プリスイプキン　助かった!!　万歳!!（旗のように紙幣を振りながらドアの外へ跳び出す）

ゾーヤ（一人）わたしはあれから五十年も生きられた。なのに五十年前には、あんなつまらない人のために死のうとしたりして。

9

動物園。中央の台座の上に、いろんな布に覆われ旗で飾られた檻。檻のうしろに二木の樹木。樹木のうしろに象やきりんの檻。檻の左手に演壇、右手には招待客の席。それらの周囲に音楽家たち。見物人たちがグループを作って登場。蝶ネクタイの案内人が、見物人たちを職業と背の高さによって分けている。

案内人　外国の新聞記者のかたはこちらへどうぞ！　演壇のそばへどうぞ！　もうちょっと脇へ寄って、ブラジルの人たちの席をあけてください！　今ブラジルの飛行機が中央飛行場へ着いたところです。（少し離れて、全体をほれぼれと眺める）黒人のみなさん、イギリスのみなさんといっしょに色彩グループを作ってください。アングロサクソンの色の白さがあなたがたのオリーヴ色を引き立たせます……大学生のみなさんは左側へどうぞ。あなたがたには老人組合から三人のおばあさんが来ますよ。目撃者の話で教授の説明を補足してもらいます。

（小さな車で老人と老婆たちが到着）

老婆1　わたしゃ、まるで今のことのように覚えてるよ……

老人1　いや、わしがまるで今のことのように覚えとる！

老婆2　あんたがたがまるで今のことのように覚えてるんなら、わたしゃまるで昔のことのように覚えていますよ。

老人2　わしは今のことと昔のことのように覚えとる。

老婆3　あたしゃ、ずっとずっと大昔のことのように覚えてますよ。

老人3　わしも今のことと昔のことのように覚えとる。

案内人　お静かに願います、目撃者のみなさん！　さあ、ちょっと詰めてくださいよ、子供たちに道をあけてください！　こっちへおいで、みんな！　早く！　早く!!

子供たち（唄を歌いながら列を作って行進する）

昔の言葉はむずかしい、
勉強しなきゃわからない！
でもそのかわりぼくたちは
とても楽しく散歩する。
XYの数学の
宿題とっくに出しました。
行こうよ、虎のいるところ、
大きな象のいるところへ！

ここは獣でいっぱいで
それよりたくさん大人たち、

さあ動物園へ

行こう！ 行こう！ 行こう！

案内人 みなさん、動物たちに餌をやって喜
ばせようとなさるかた、および科学上の目
的のために動物たちを利用なさるかたは、
適量の餌および科学実験器具をかならず動
物園の係員からお求めください。餌などが
素人判断で適量を超えますと、動物たちの
命にかかわります。ですから中央医学大学
および市精密器械実験所で準備した餌や実
験器具のみをご利用くださいますよう。

（動物園と劇場の観客席を、係員たちが触れて歩
く）

係員1 黴菌を手のひらにのせて眺めたって

仕方がない！ みなさん、顕微鏡と虫眼鏡
をどうぞ！

係員2 ドクトル・トボルキンのすすめる石
炭酸溶液、唾を吐くときにはぜひお使いく
ださい！

係員3 動物に餌をやるほど楽しい思い出に
なるものはありません。適量のアルコール
とニコチンをどうぞ！

係員4 アルコールを飲ませることです。そ
うすれば動物たちには神経痛も、頭のやま
いも、肝臓肥大もありゃしない。

係員5 火をぽっぽっ、煙をすぱすぱ、それ
で硬化症にかかること百パーセント間違い
なし！

係員6 耳をお守りください。乱暴な言葉、
やかましい雑音を、科学者たるもの耳に入

57

れぬことです。

案内人（市ソビエトの演壇に通じる道をあけながら）市ソビエトの議長さんとその同僚のかたがたが、忙しいお仕事の合間をさいて、特にこの記念式典においでになります。昔の国歌を演奏いたしますから、みなさん、同志たちに挨拶しようではありませんか！

（一同拍手。書類鞄をもった一同の人々が重々しく歌いながらやって来る）

市ソビエト幹部会（歌う）

勤めの重荷も
われらに皺をつくらない。
われらよく働きよく遊ぶから！
ようこそ、勇ましい狩人たち、
町はきみらに挨拶を送る！
われら、この町の親たちは
きみらすべてを誇りに思う!!

議長（演壇に登って旗をふる。一同静かになる）みなさん、記念式典の開始を宣言します。私たちの時代は、内的秩序の深刻な変動とその残存物とをはらんでおります。もちろん外的事件は稀なのでありまして、かつての諸事件に疲れた人類は、むしろこの相対的平安を楽しんでおります。しかしながら一見幻想的ではあるがその虹色の羽毛の下に深い科学的意味を有する見世物を、私たちは決して拒みはいたしません。二匹の寄生虫の存在を放置しておいたために生じた私たちの不幸な事件は、私たちの力および全世界の医学の力によって、根絶されました。さりながら、過去のかすかな反映である当事件は、そのまま過去の恐怖を力強く物語るものであり、かつ働く人類の文化闘争の力とむずかしさをも物語るものであります。

このいまわしい範例によって、私たちの青年層の精神と感情が鍛えられますように、ただそれだけを念じます！

ここで私は私たちのすばらしい動物園長に対して感謝の言葉を捧げたいと思います。彼は不思議な諸現象の意味を説き明かし、それらの有害な現象を、愉快で有益な一時の娯楽に変えてくれたのであります。私は彼に演壇を譲りましょう。ウラア！

（一同「ウラア」を叫び、楽隊はファンファールを奏で、動物園長が演壇に上がって四方にお辞儀する）

動物園長　みなさん！　みなさんにこうして集まっていただいて、私は嬉しいと同時に非常に照れております。私の功績はともかくといたしまして、かの動物の捕獲の直接の功績者である狩人連盟の献身的なみなさん、および凍死と戦った復活研究所の尊敬すべき教授に対しまして、私は感謝いたさないわけにはいかないのであります。とは申すものの、尊敬すべき教授の最初の誤謬が今回の不幸の間接的原因となった事実も、ここで指摘しないわけにはいきません。外部的な擬態、つまり手足のまめであるとか衣服であるとか、その他の事柄によりまして、尊敬すべき教授はこの哺乳動物をホモ・サピエンスに、しかもその最高の部類、すなわち労働者階級に、誤って分類されたのでありました。ところで私が永いあいだ動物たちとつき合い、その心理に詳しいことが、成功の原因であるとはお考えにならないでいただきたい。私を助けたのはまったくの偶然でありました。ある不明確な意識下の希望が、私にこうささやいたのであります。「さあ募集広告を書け、広告しろ」。そこで私はこんな文章を書いたのであります。

《動物園の諸原則に基づき、捕獲したばかりの昆虫をそのノーマルな状態において飼育するため、たえずその昆虫に生き血を提供する生きた人体を求む》

群衆のなかの声　ああ、恐ろしいことだ！

動物園長　そうです、恐ろしいことです。私自身もおのれの書いた文章にあきれてしまいましたが、そのとき突然……あの生物が現れたのです！　あの生物の外見はほとんど人間そっくりで……たとえば、私にもあなたがたにも似ておりますが……

市ソビエト議長（鈴を鳴らし）動物園長、本論に入っていただきたい！

動物園長　失礼しました、失礼しました！　私はもちろん面接および比較動物学の方法によって、すぐに悟ったのですが、かの生物は実は人物のかたちをしたにせの人間でありまして、もっとも寄生的な寄生虫であります。詳しいことは省略いたしましょう。今すぐみなさん方の目の前に、文字どおり寄生虫の檻のなかに入った二匹の生物が現れるのですから。

この二匹は大きさこそ異なれ、本質的には同一生物であります。一匹はかの有名な「クロープス・ノルマリス」、すなわち南京虫、もう一匹は……「アブイヴァーチェリウス・ブルガリス」、すなわち俗物であります。

「クロープス・ノルマリス」は一人の人間のからだの血を吸って肥り、ベッドの下にもぐりこみます。

「アブイヴァーチェリウス・ブルガリス」は全人類の血を吸って肥り、ベッドの上にもぐりこみます。相違点はそれだけです！

　働く人類が革命によって身辺の泥を払い落とし、未来の建設に立ち上がったとき、これらの寄生虫はその泥のなかに巣を作り、家庭を作り、細君を殴り、ベーベルを気どり、その快適な家のなかで怠惰な生活を営んだのでありました。しかし「アブイヴァーチェリウス・ブルガリス」の恐ろしさはそれだけではない。これは化け物じみた擬態によって犠牲者たちを引きつけ、あるいは詩を書くこおろぎに、あるいは流行歌を歌う小鳥に変貌したのであります。当時はその服装までが擬態そのものでした。すなわち尻尾のある燕尾服、それに真白な烏賊《いか》胸といういでたちであります。こういう鳥どもが劇場の桟敷に巣を作り、舞踏会ではインターナショナルの曲に合わせて足を擦り合い、マルクスにのっとってトルストイを刈りこみ、あたりかまわぬ大声でわめき立て……学術的講演ですので表現はお許しください……単なる小鳥の粗相とはとうてい見なされぬほどの量の排泄物をまき散らしたのでありました。

　みなさん！　ところで……みなさんご自

身の目で見ていただきましょう！

（園長が合図をすると、係員たちが檻の覆いをとる。台座の上には南京虫の入った籠があり、そのうしろの高くなったところにダブル・ベッドが置いてある。ベッドの上にはギターをかかえたプリスイプキン。檻の上には黄色い笠の電燈。プリスイプキンの頭上には絵葉書で作った扇が光っている。酒瓶が床に転がっている。檻のまわりには沢山の痰壺。檻には注意書、その両脇に濾過器とオゾン発生器。注意書は、１「注意、唾を吐きます」２「許可なくして檻に入らぬこと」３「耳に注意、悪い言葉を使います」。楽隊がファンファールを演奏する。花火が上がる。尻込みしていた群衆は、物珍しさに沈黙して、まわりに寄る）

プリスイプキン　ああ、ルナチャルスキー通りの、

忘れもしない、古い家、

幅広い、したわしい階段、

みやびやかな窓！……

動物園長　みなさん、こわがらずにもっとお寄りください。おとなしい動物ですから。お寄りください。さあ、どうぞ！　心配はいりません。両側の四個の濾過器が、檻の内部の悪い言葉を吸い取りますから、外にはほんの少しの言葉が洩れてくるだけです。この濾過器は、防毒面をつけた特別の係員が毎日清掃しております。ご覧なさい、今度は昔のいわゆる「喫煙」をやるところです。

群衆のなかの声　ああ、こわい！

動物園長　だいじょうぶです、あ、今度はいわゆる「インスピレーションを求めて」い

ます。スクリプキン、一杯やれ！

（スクリプキンはウォッカの瓶に手を伸ばす）

群衆のなかの声　ああ、やめて、やめて、かわいそうな動物をいじめないで！

動物園長　みなさん、ちっともこわくないのです、この生物はよく馴らしてありますから！　さあ、外に引き出してみましょう。

（檻に近づき、手袋をはめ、ピストルを点検し、戸をあけてスクリプキンを外に出す。演壇の上に立たせて、その顔を招待客のほうへ向けさせる）おい、何か短い言葉を喋ってみろ。人間の言葉や声をまねするんだ。

スクリプキン　（おとなしくポーズを取り、咳払いをして、ギターを構えるが、突然くるりと劇場の観客席のほうに向きを変える。スクリプキンの顔はうっとりとした表情を帯びる。動物園長を突き跳ばし、ギターを投げ捨て、観客席に向かって大声で）みなさん！　兄弟！　身内の人！　親戚のみんな！　どこから来たんですか？　どうしてそんなに大勢いるんです？　いつ氷づけになったんですか、あんた方は？　なぜぼく一人だけ檻に入ってるんです？　兄弟、身内の人、こっちへ来ませんか？　ぼくは何のために苦しんでるんです？　みなさん！

群衆の声　子供、子供に見せるな……口輪だ、口輪をはめてやれ……おお、こわ！……先生、やめてください！……ああ、ピストルは撃たないで！

（動物園長は扇風機をかかえ、二人の係員をつれて演壇に駆け上がる。係員はスクリプキンを追い戻す。動物園長は演壇の空気を清掃する。楽隊が

ファンファールを演奏する。係員は檻に覆いをかける〕

動物園長　失礼しました、みなさん……失礼しました……昆虫は疲れておりました。騒音と照明のせいで幻覚に囚われたようです。ご安心ください。たいしたことはありません。あしたになれば鎮まります……お静かに願います、みなさん、また明日おいでください。音楽をお願いします、行進曲を！

〔一九二八―二九〕

訳者のメモ

一九一七年の十月社会主義革命を中心とする前後数年の政治的諸事件がドラスティックな形態を取れば取るだけ、ソビエト芸術のさまざまなジャンルにおける創造もそれと呼応して偶像破壊的な方向へむかう勢いを示した。革命が既存のものの徹底的な破壊と清掃、既存の尺度ではおし測れぬまったく新しい秩序の建設という意味合いで芸術家の精神に映じているあいだは、芸術もまた過去の作品に挑戦し、それを否定することによって自己の純潔を保つという、いわば青年期の性格を質的に失わなかった。十月革命以後スターリンによる芸術家弾圧の始まる前までの、ことに一九二〇年代の真に創造的なソビエト芸術家たちの仕事は、ニュアンスの差こそあれ基本的にはそのような性格によって一括することができる。冒険と挑戦、独創性の強調と尖鋭なものへの嗜好は、単に個々の芸術家の傾向というだけではなく、時代のなかにひそんでいた創造的生命の現れでもあったわけである。

演劇の世界でも、チェーホフ、ゴーリキー、A・K・トルストイらの戯曲によってスタニスラフスキーやネミロヴィチ＝ダンチェンコが築き上げたモスクワ芸術座の世界は、彼らの弟子であったメイエルホリドやワフタンゴフ、それに傍流のタイーロフらの新しい傾向によって挑戦を受けないわけにはいかなかった。ワフタンゴフは二〇年代初期に亡くなり、その名を冠した劇場と後継者のみ残ったが、メイエルホリドとタイーロフは一九三八年の大粛清で失脚するまでソビエト演劇の革新者として活躍をつづけたのであった。特にメイエルホリドはいわゆる「演劇の十月」の代名詞として、「ビオメハニカ」の創始者として、観客の意表をつく大胆で尖鋭な演出家として、広く諸外国にまで知られ、各国の舞台芸術家に強い影響を与えた。わが国の一時期の新劇にもその影響は歴然たるものがある。

メイエルホリドの舞台がどのようなものであったかについては、すでに数々の紹介がなされている（一九二四年上演のエレンブルグ原作『トラストDE』、おなじく二四年初演のオストロフスキー作『森』、二五年初演のエルドマン作『令状』、二六年初演のゴーゴリ作『検察官』その他）。ここではエレンブルグが最近の回想録で書いている内戦たけなわの時代の『朝焼け』（ヴェルハーレン原作、メイエルホリド改作演出、一九二〇年初演）の舞台の模様をのぞいてみよう。

「……この戯曲が上演された劇場は、モスクワっ子たちがかつて半裸の踊り子たちを眺めていた有名な音楽喫茶〈オモン〉という、あまり品のよくない場所だった。もっとも、ホールは装飾など気にならないような状態に荒れていた。暖房がはいっていないので、観客はみな外套や半オーバーや毛皮を着たまま坐っていた。俳優たちの口からは威嚇的なせりふが、白い蒸気とともに吐き出された。俳優たちの一部は平土間に配置されていて、なぜか縄がぶら下がり灰色の立方体が並んでいる舞台に、出し抜けに駆け上がるのだった。ときには観客も――赤軍のブラスバンドや労働者たちも舞台に上がった。（メイエルホリドは、桟敷にも幾人かの俳優を坐らせたかったのだった。その俳優たちは社会革命党員やメンシェヴィキに扮し、適当な野次をとばす予定だったのである。メイエルホリドはいかにも残念そうに、その思いつきはあきらめねばならなかったとわたしに語った。観客たちが、その俳優たちをほんものの反革命の連中と間違えて、つかみ合いが始まるかもしれなかったから。）一人の俳優が、芝居の途中で、受け取ったばかりのペレコープ占領の報告を厳粛に読み上げたとき、わたしも観客席にいた。観客席がどんな騒ぎになったかは筆舌に尽くしがたい……。」

この回想によっても知れるように、ソビエト初期の時代のメイエルホリド（ことに二〇年代前半のメイエルホリド）の舞台は、煽動・宣伝の色彩が濃厚だった。そのような色彩は一つには舞台上の新機軸や独創性・革新性と切り離せない要素であったのと同時に、メイエルホリド自身がたどってきた旧時代の演劇の自然主義的な、あるいは象徴主義的な、あるいは微温的な傾向に対する反逆であった。まさしくこの点において、メイエルホリドは同時代の芸術家たちと結びつく資格を持っていたのである。そして十月革命後、メイエルホリドと最初に結びついた芸術家は、詩人ヴラジーミル・マヤコフスキーであった。

　マヤコフスキーもメイエルホリドと同じく革命前から創造活動を始め、その最初のモチーフはやはり既成の芸術に対する反逆である。自然主義と象徴主義に対する烈しい反撥から、若い詩人や画家たちはロシア未来派というグループを結成したのであった。すでに未来派時代の初期からマヤコフスキーは演劇や映画への強い関心を示し、一九一三年に詩劇『ヴラジーミル・マヤコフスキー』を書いて、みずから主役を舞台で演じている。革命後のマヤコフスキーの最初の大作が詩劇『ミステリヤ・ブッフ』であったことも、この詩人の演劇への打ちこみ方を証明するだろう。地球の極点に一つの穴があき、そこから煮えたぎった革命の熔岩が噴出し始めるという壮大な情景で始まるこの詩劇は、一九一八年十一月、十月革命一周年記念日にメイエルホリドの演出で初演され、三年後の二一年五月一日に稿を改めて再演された。これはソビエト演劇の最初の記念すべき作品として、もはや古典の位置を占めている。

その後数年間に、マヤコフスキーはいくつかの小さな戯曲やシナリオを書いたが、一九二八年に至って戯曲『南京虫』を、翌二九年には戯曲『風呂』を書き、両者はそれぞれ二九年と三〇年にメイエルホリド劇場の舞台にかけられて、詩人の悲劇的な晩年を飾る二つの傑作となったのであった。

『南京虫』の原型が、前年の二七年に書かれた映画シナリオ『暖炉のことを忘れろ』であるということは、マヤコフスキー研究家のあいだではすでに定説となっている。このシナリオでは小市民生活にあこがれる青年が、婚礼の晩、酔って雪の吹きだまりのなかへ墜落し、そのまま冷凍状態で二十五年間保存され、未来の人間に発掘される。この筋書きには、詩人が幼いころ愛読したといわれるジュール・ヴェルヌやH・G・ウェルズの空想科学小説の影響がうかがわれるのである。戯曲『南京虫』では筋書きがいっそう派手に拡大されて、雪の吹きだまりのかわりに火事が現れ、二十五年の冷凍期間は五十年にまで延長される。これは小市民生活の無意味さを時間の篩《ふるい》にかけて立証するためには大いに有効な操作であった。現在のわたしたちにとって興味深いのは、初演当時すでに、第五場以下の未来社会の情景に対する批判が出ていたという事実である。そのような批判に答えて、一九二八年十二月三十日に開かれた戯曲『南京虫』の合評会（これはメイエルホリド劇場で行われた一種のレパートリー委員会であり、この席上マヤコフスキーは『南京虫』の台本を朗読し、その場でただちに上演が決定されている）で、詩人は弁明を試みている。「……この戯曲に現れるのは社会主義ではなくて、十度目の五ヵ年計画を達成した社会であります。あるいは三度日の五ヵ年計画のあとの社会と言っても同じことです。もちろん、わたしが描いたのは社会主義社会ではありません……」

『南京虫』は一九二九年二月十三日、モスクワのメイエルホリド劇場で初演された。演出はメイエルホリド、演出助手はマヤコフスキー（作者が演出助手を務めることは上演契約書に明記されていた。マヤコフスキーは稽古に終始立ち会い、事実上せりふの面の演出家であったと言われる）、美術は第一場から第四場までをククルイニクスイ、第五場以下を未来派の写真家ロトチェンコ（これも作者の要請であった）、音楽はショスタコーヴィチ、主役のプリスイプキンを演じたのは名優I・V・イリインスキーであった。この上演は大好評であり、同年十一月二十九日にはレニングラード大劇場でV・リュッツェの演出によりレニングラード初演が行われた。以後ソ連各都市で三二年頃までほとんど毎シーズン上演され、その後も部分的な上演や、ラジオ・ドラマ形式による放送や、アマチュア劇団による上演は断続的に行われた。第二次大戦後の本格的な上演は雪どけ時代にはいってからで、V・プルーチェックとS・ユトケーヴィチの共同演出による五五年の「モスクワ諷刺劇場」の上演がその第一弾であった（五三年には同じ演出家により戯曲『風呂』の復活上演も行われた）。つづいて、同じモスクワにマヤコフスキーの名を冠した劇場が創設され、ここでも五六年にV・ヴラソフの演出により『南京虫』が上演された。

国外での『南京虫』の上演を最初に企画したのは、ドイツのピスカートルであったが、この企ては実現しなかった。国外初演は、一九三一年三月、ニューヨークのグリニッチ・ヴィレッジのブロヴィンスタウン・プレイハウスで「プレイライツ・シアター」グループによるものである。つづいて三三年、スペインの「ノソートロス」グループが上演を計画して官憲に中止を命ぜられ、結局三六年三月にマドリッドのロサレス劇場で「シネ・テアトロ」クラブにより上演された。第二次大戦後は、ポーランドのキエルツェ市で（五六年）、プラハで（五六年）、ルーマニアのティミショアラ市で（五七年）、パリで（五九年）上演された。わが国では昭和初年に翻訳紹介されたことがあるが、本格的な上演は戦前戦後を通じて一度も行われなかったようである。

＊プリスイプキン（ピエール・スクリプキン）――「プリスイプキン」は「虫よけの粉」の意、「スクリプキン」は「ヴァイオリン男」の意。ピエール・スクリプキンのほうがフランス風である。

＊バヤン――「バヤン」はロシアの民俗楽器。一種の手風琴。

＊ウンベルト・ノビレ――イタリアの探検家。一九二八年五月、飛行船イタリア号で北極に達した。

＊ヴェニゼロス――一九二八年から三三年までのギリシャ共和国首相。王政復活後、亡命。パリで客死した。

＊「苦い、苦い」――ロシア古来の風習で、結婚披露のとき来客たちが「苦い！」と叫ぶと花嫁花婿は接吻しなければならない。

＊マクドナルド――一九二四年に成立した英国最初の労働党内閣の首相。

＊ナドソンやジャーロフ――ナドソン（一八六二―八七）、ジャーロフ（一九〇四―八四）、ともにロシアの詩人。

著者略歴

Владимир Владимирович Маяковский

ヴラジーミル・マヤコフスキー

ロシア未来派の詩人。1893年、グルジアのバグダジ村に生まれる。1906年、父親が急死し、母親・姉たちとモスクワへ引っ越す。非合法のロシア社会民主労働党に入党し逮捕3回、のべ11か月間の獄中で詩作を始める。10年釈放、モスクワの美術学校に入学。12年、上級生ダヴィド・ブルリュックらと未来派アンソロジー『社会の趣味を殴る』のマニフェストに参加。13年、戯曲『悲劇ヴラジーミル・マヤコフスキー』を自身の演出・主演で上演。14年、第一次世界大戦が勃発し、義勇兵に志願するも結局、ペトログラード陸軍自動車学校に徴用。戦中に長詩『ズボンをはいた雲』『背骨のフルート』『戦争と世界』『人間』を完成させる。17年の十月革命を熱狂的に支持し、内戦の戦況を伝えるプラカードを多数制作する。24年、レーニン死去をうけ、叙事詩『ヴラジーミル・イリイチ・レーニン』を捧ぐ。25年、世界一周の旅に出るも、パリのホテルで旅費を失い、北米を旅し帰国。スターリン政権に失望を深め、『南京虫』『風呂』で全体主義体制を諷刺する。30年4月14日、モスクワ市内の仕事部屋で謎の死を遂げる。翌日プラウダ紙が「これでいわゆる《一巻の終り》／愛のボートは粉々だ、くらしと正面衝突して」との「遺書」を掲載した。

訳者略歴

小笠原 豊樹〈おがさわら・とよき〉詩人・翻訳家。1932年、北海道虻田郡東倶知安村ワッカタサップ番外地（現・京極町）に生まれる。東京外国語大学ロシア語学科在学中にマヤコフスキー作品と出会い、52年に『マヤコフスキー詩集』を上梓。56年、岩田宏の筆名で第一詩集『独裁』を発表。66年『岩田宏詩集』で歴程賞。71年に『マヤコフスキーの愛』、75年に短篇集『最前線』を発表。露・英・仏の3か国語を操り、『ジャック・プレヴェール詩集』、ナボコフ『四重奏・目』、エレンブルグ『トラストDE』、チェーホフ『かわいい女・犬を連れた奥さん』、ザミャーチン『われら』、カウリー『八十路から眺めれば』、スコリャーチン『きみの出番だ、同志モーゼル』など翻訳多数。2013年出版の『マヤコフスキー事件』で読売文学賞。14年12月、マヤコフスキーの長詩・戯曲の新訳を進めるなか永眠。享年82。

マヤコフスキー叢書
南京虫
なん きん むし

ヴラジーミル・マヤコフスキー 著

小笠原豊樹 訳

2017年3月28日　初版第1刷印刷
2017年4月14日　初版第1刷発行

発行者 豊田剛
発行所 合同会社土曜社
150-0033
東京都渋谷区猿楽町11-20-301
www.doyosha.com

用紙　竹　　尾
印刷　精　興　社
製本　加藤製本

The Bedbug
by
Vladimir Mayakovsky

This edition published in Japan
by DOYOSHA in 2017

11-20-301 Sarugaku Shibuya
Tokyo 150-0033 JAPAN

ISBN978-4-907511-33-3　C0098
落丁・乱丁本は交換いたします

本の土曜社

大杉栄ペーパーバック
日本脱出記　九五二円
自叙伝　九五二円
獄中記　九五二円
山川均ほか　大杉栄追想　九五二円
My Escapes from Japan（日本脱出記）
シャワティー訳　二三五〇円

坂口恭平の本と音楽
Practice for a Revolution　一五〇〇円
坂口恭平のぼうけん　九五二円
新しい花　一五〇〇円
Build Your Own Independent Nation
（独立国家のつくりかた）　一二〇〇円

マヤコフスキー叢書　小笠原豊樹訳
ズボンをはいた雲
悲劇ヴラジーミル・マヤコフスキー
背骨のフルート
戦争と世界
人間
ミステリヤ・ブッフ
一五〇〇〇〇〇〇〇
ぼくは愛する
第五インターナショナル
これについて
ヴラジーミル・イリイチ・レーニン
とてもいい！
南京虫
風呂
私自身（自伝）　各九五二円

二十一世紀の都市ガイド
アルタ・タバカ編　リガ案内　一九九一円
ミーム　3着の日記　一八七〇円

プロジェクトシンジケート叢書
ソロス他　混乱の本質　九五二円
黒田東彦他　世界は考える　一九〇〇円
ブレマー他　新アジア地政学　一七〇〇円
安倍晋三他　世界論　一一九九円
安倍晋三他　秩序の喪失　一八五〇円
ソロス他　安定とその敵　九五二円

歴史と外交
岡崎久彦　繁栄と衰退と　一八五〇円

黄金の翻訳書
鶴見俊輔訳　フランクリン自伝　一八五〇円
ペトガー　熱意は通ず　一五〇〇円
ボーデイン　キッチン・コンフィデンシャル　一八五〇円
ボーデイン　クックズ・ツアー　一八五〇円

土曜文庫
ヘミングウェイ　移動祝祭日　七一四円
モーロワ　私の生活技術　七九五円
永瀬牙之助　すし通　七九五円
大川周明　復興亜細亜の諸問題　上下各四九五円
大川周明　日本二千六百年史　＊
岡倉天心　茶の本　五九五円
岡倉天心　日本の目覚め　＊
勝小吉　夢酔独言　＊
勝海舟　氷川清話　＊

サム・ハスキンス日英共同出版
Cowboy Kate & Other Stories　二三八一円
November Girl　＊
Five Girls　＊
Cowboy Kate & Other Stories　原書七九八〇〇円
Haskins Posters　原書三九八〇〇円

世紀音楽叢書
オリヴァー　ブルースと話し込む　一八五〇円

土曜社共済部
ツバメノート　A4手帳　九五二円

＊は近刊